Dominando a Susan La habitación de castigos

Dominando a Susan Vol. 4

Erika Sanders

Dominando a Susan
La Habitación de Castigos
(Dominación y Sumisión Erótica)

Erika Sanders
Serie
Dominando a Susan Vol. 4

Imagen portada: ©Anatoly Tiplyashin, 2025

Primera edición: 2025

Sinopsis

Susan, después de acabar la universidad se encamina hacia su primer trabajo, un empleo proporcionado por un amigo de la familia, Robert, que siempre ha tenido un especial deseo hacia la hija de su amigo.

Este deseo especial es conseguir que Susan esté bajo su dominación...

La habitación de castigos (Dominación Erótica) es una novela de fuerte contenido erótico BDSM y, a su vez, una nueva novela perteneciente a la colección Dominación Erótica, una serie de novelas de alto contenido BDSM romántico y erótico.

También es la cuarta parte de la nueva serie, Dominando a Susan, donde se relatan las aventuras de Susan, alter ego de la escritora, en su faceta de sumisión.

(Todos los personajes tienen 18 años o más)

Nota sobre la autora:

Erika Sanders es una conocida escritora a nivel internacional, traducida a más de veinte idiomas, que firma sus escritos más eróticos, alejados de su prosa habitual, con su nombre de soltera.

Índice:

DOMINANDO A SUSAN
LA HABITACIÓN DE CASTIGOS
(DOMINACIÓN ERÓTICA)
POR
ERIKA SANDERS

VESTIMENTA NUEVA PARA SUSAN

Susan se despertó aturdida y confundida, aún desnuda.

Estaba acurrucada en los brazos del Amo en el gran sofá relleno de espuma su oficina.

La abrazaba suavemente, protectoramente, como la de un dulce amante.

Sin embargo, su cuerpo le decía lo contrario y necesitaba desesperadamente estirar sus doloridos músculos.

Gentilmente trató de liberarse de sus brazos solo para sentir cómo se apretaba más a su alrededor.

Rindiéndose, rodó sus brazos hacia su espalda y estiró su cuerpo sintiendo los músculos protestar y sentir más dolor.

Ella lo miró a los ojos mientras él la observaba.

Finalmente soltando su abrazo y pasando sus manos sobre su cuerpo mientras ella se estiraba como un gato.

"Eres mía." Él dijo simplemente.

Golpeó su cadera ligeramente,

"Se está haciendo tarde pequeña Susy, estuviste dormida por un tiempo, tengo un auto esperándote por las escaleras de entrada para llevarte a casa".

Él le sonrió suavemente.

"Será mejor que te vistas y te vayas a casa, antes de que encuentre más cosas que puedas hacer aquí".

Sus ojos se abrieron y él se echó a reír.

"Puedes decirle a cualquiera que pregunte que te mantuve tarde en el trabajo con fines de capacitación".

Él se rió genuinamente de su rostro sonrojado mientras ella se levantaba y miraba su vestido.

Ella hizo una mueca de dolor, sintiendo un torbellino de malestar mientras alisaba la falda sobre su trasero.

Entró en su baño brevemente para arreglarse el pelo y maquillarse lo mejor que pudo antes de caminar detrás de su escritorio para recuperar las bragas sucias desechadas.

Con las bragas en la mano, obedientemente se presentó preguntando:

"¿Me disculpan por el día, Maestro?"

Él le sonrió y se levantó para besarla profundamente.

Sorprendida, dio un gritito cuando sintió sus labios sobre los de ella, sorprendida por el beso.

Después todo lo que había ocurrido en los últimos días, este fue su primer beso real y ella se fundió con él.

La llevó a su escritorio, sin cortar el beso.

Colocándola cuidadosamente sobre la mesa para que ella recuperara su bolso, habló en voz baja:

"Sí, mi esclava, finalmente me has complacido hoy".

Dejó que una pizca de sonrisa le pasara por la cara mientras se burlaba de ella.

"Ve a casa, antes de que cambie de opinión".

Él le dio unas palmaditas en el culo disfrutando de sus gemidos y la dejó, volviendo a su oficina.

Estaba más que satisfecho.

Pero no sabía qué esperar cuando ella se despertara a la mañana siguiente.

Se estaba preguntando si la había llevado demasiado lejos en su día de castigo.

Él sonrió para sí mismo.

Ella era adorable en su sumisión natural y, aunque en un momento, durante el día, pareció estar a punto de irse, se había quedado.

***

El auto la estaba esperando como él había dicho.

El conductor fue amable y una vez que estuvo adentro le entregó una bolsa de un restaurante local.

"El señor Robert me pidió que te recogiera algo de comer, ya que te tendría hasta tarde en una sesión de capacitación".

Él sonrió ante la sorpresa y el color rosa que se deslizó por sus mejillas mientras ella tomaba la bolsa y le daba las gracias.

El camino a casa fue silencioso.

Él la miraba por el espejo mientras ella miraba por la ventana sin ver realmente el paisaje, sus ojos perdidos en sus pensamientos sobre su día.

Sonrió mientras se tocaba los labios con los dedos, pensando en todo lo que había sucedido.

Y sobre lo que sucedió, fue en su beso en lo que se demoró.

La verdad era que ella disfrutaba las cosas que él la obligaba a hacer, cosas que nunca habría hecho sola o con su novio.

Le gustaba poder fingir que era una 'buena chica' que estaba siendo forzada en lugar de admitir que cada nueva experiencia que él le brindaba emocionaba su mente y su cuerpo.

Sin embargo, de todas esas cosas, fue el beso lo que se quedó con ella.

La intimidad de su profundo y apasionado beso, había sido muy diferente de la forma autoritaria y compuesta con la que él había provocado y traído a su cuerpo placer y dolor, haciéndola sentir culpa y vergüenza, necesidad y deseo.

Sabía que lo que estaba haciendo, ser su esclava, no estaba bien y hasta esta noche se había preguntado qué tan mal podría estar antes de que terminara la semana.

Se tocó los labios otra vez, pero el beso parecía hacer que de alguna manera no se sintiera tan mal.

Había sentido su amor y pasión por ella en ese único beso.

* * *

Ella se sacudió en su cama y se dio la vuelta mientras trataba de dormir.

"Había crecido conociéndolo como parte de su familia, casi como un tío. ¡Amaba a su esposa indulgente y hogareña y era amiga de su hijo!"

Se quitó las mantas y se quedó mirando techo llena de culpa y vergüenza.

"¿Qué le estaba pasando?"

Ella gimió suavemente mientras su mano acariciaba su cuerpo reviviendo el día, su ira, su miedo, su decepción, su vergüenza, su deseo, su necesidad de complacerlo y finalmente la pasión de su beso.

Ella se vino por cuarta vez en ese día y finalmente se durmió.

* * *

Se despertó y se arrastró hasta la ducha, sus sentimientos de culpa y vergüenza volvieron a su mente.

Casi temía ir a trabajar y encontrarse con lo que este día le tenía reservado, se sintió mal y por un momento consideró llamar para decir que estaba enferma, antes de sacudir la cabeza.

El pánico se le fue cuando salió del baño y juró suavemente al darse cuenta de que llegaría tarde.

Se vistió rápidamente y bajó corriendo las escaleras para salir volando por la puerta.

Salió corriendo para tomarse directamente con los brazos de su conductor del día anterior.

Él la agarró justo cuando ella comenzaba a correr hacia el autobús.

"Susan"

Ella levantó la vista.

"Cálmate chica. El señor Robert me envió para recogerte esta mañana".

Dio un paso atrás y abrió la puerta que la subía al automóvil.

Ella obedeció dócilmente aturdida por su presencia.

Vio dos cajas, colocadas en el asiento a su lado, mientras subía.

Una contenía galletas de canela decoradas con caras sonrientes y su jugo favorito.

Y en una caja más grande había una nota dirigida a ella.

Ella leyó:

"Buenos días mi esclava, espero que hayas dormido bien, tengo la intención de cuidarte como mi tesoro más preciado, pero aún hay mucho que debes aprender sobre como complacer a tu Amo. Eres joven y hermosa, no deberías usar esa ropa de trabajo anticuada que tu madre te escogió. Desayuna rápido y ponte el traje de esta caja antes de llegar al trabajo. No te preocupes por el conductor, confía y obedece. Robert."

Tocando el hombro del conductor, le preguntó si podía detenerse en un café o en algún lugar con baño, pero él negó con la cabeza.

"No. Me dijeron que la acercara sin parar, señorita".

Ella se recostó comiendo y considerando qué hacer.

No quería ser castigada en el momento en que entrara.

Terminó las galletas y el jugo, se dejó caer en una esquina del auto y sostuvo su chaqueta contra su pecho mientras se cambiaba con la blusa de seda blanca que había sacado de la caja.

Sus pezones se endurecieron y presionaron a través del material suave ante la idea de que el conductor la estuviera mirando, pero ella no estaba dispuesta a mirar al espejo para comprobarlo.

Sacó la falda azul marino plisada de la caja y se inclinó hacia adelante para cubrir su desnudez.

Se quitó la falda y se colocó la nueva en su lugar.

Intentando hacerlo mejor que pudiera, se había puesto la blusa y la falda plisada en lugar de la blusa y falda que llevaba.

Tomando una pequeña chaqueta de la caja y colocándola en el asiento a su lado, revisó la caja para asegurarse de que ya estaba vacía.

Encontró unas medias de encaje blancas que se subían hasta el muslo y una nota más pequeña ...

"Mantén la falda levantada mientras te pones la medias y el conductor te dará la última pieza de tu atuendo. Confía y obedece, pequeña esclava. Robert"

Mortificada, razonó que probablemente él la había estado observando cambiarse de todos modos, así que se subió la falda y puso las medias en su lugar, el elástico ciñéndose sobre sus muslos.

El conductor sonrió en el espejo y le entregó un par de zapatos azul marino de tacón alto que combinaban con el traje.

Con la cara enrojecida de rubor, tomó los zapatos con un suave "Gracias" y metió su ropa en la caja vacía.

Se recostó, colocándose los zapatos, y evitando los ojos del conductor por el resto del viaje.

***

Al salir del auto y ponerse la chaqueta del traje, descubrió que su solapa ancha enmarcaba sus redondas tetas, y los dos botones bajos la jalaban de su cintura para ensanchar sus pequeñas caderas.

Alisándose la falda plisada corta que apenas cubría la parte superior de sus medias, se inclinó hacia el automóvil.

Al darse cuenta de que demasiado tarde que se mostraría su trasero desnudo, agarró la caja de su ropa vieja y caminó rápidamente hacia el edificio ignorando la sonrisa en la cara del conductor.

Ella le agradeció el viaje y él le deseó un buen día.

***

Llegó a su escritorio, guardó su bolso y la caja debajo de él y entró en su oficina esperando silenciosamente a que él se diera cuenta mientras terminaba una llamada telefónica.

Él sonrió suavemente y señaló un lugar delante de su escritorio.

Se acercó nerviosamente sobre sus zapatos de tacón alto mientras entraba más en la oficina.

Se quedó de pie frente a él mientras rodeaba su escritorio y la inspeccionaba en silencio.

Su mano subió por su muslo y debajo de la falda corta para tomar y apretarle el culo sonriendo mientras ella se mordía el labio y se le cortaba la respiración.

"Bueno, mi pequeña esclava, me has complacido con tu obediencia. Este es uno de los trajes que la esclava de Alan te escogió ayer, ¿te gusta?"

"Oh, sí Maestro. Muchas gracias".

Sus manos ahuecaron sus simpáticas tetas y jugaron con sus pezones a través de la tela transparente, consiguiendo ponerlos tan duros como puntas de flecha.

"Quítate la chaqueta".

Al observar sus expresivos ojos, apretó el agarre pellizcando las duras protuberancias entre sus dedos, mientras ella se quitaba la chaqueta.

Su respiración se aceleraba a un jadeo, sus ojos se abrieron y un gemido escapó de ella.

"Una pequeña zorra tan encantadora, mi conductor estaba muy impresionado".

Sus ojos la recorrieron.

"Tenía razón, podrías pasar por una colegiala traviesa con ese atuendo".

Dio un paso atrás, apoyándose casualmente en el escritorio, mirándola sonrojarse.

"Desnúdate esclava, todo menos los zapatos y las medias. Hay otras cosas que deseo verte usar antes de comenzar nuestro día".

Volviendo a ella mientras ella se quitaba la ropa, él le acarició el trasero suavemente, antes de golpearlo e inclinarse en su oído para gruñir:

"El Maestro disfruta del sonrojo rosado en tus nalgas".

Apretándole el culo con fuerza hasta que ella gimió, él sonrió y la golpeó de nuevo.

Tomándola del brazo, la condujo alrededor de su escritorio, colocándola a su lado mientras tomaba asiento.

"Arrodíllate, esclava".

Ella se arrodilló mientras él la miraba.

"Ese es el lugar apropiado de una esclava y lo aprenderás bien hoy. Cuando vengas a mí siempre te arrodillarás".

"Si señor"

Ella vio como él abría un cajón y sacaba varias cadenas de oro antes de volverse hacia ella una vez más.

Habló, suave pero severamente.

"Hay cosas que usarás para mí que no son prendas de vestir. Coloca tus manos detrás de tu cuello y mantenlas allí". Él observó el desconcierto llenar su rostro mientras ella movía sus manos detrás de su cuello entrelazando sus dedos.

Él revisó su posición críticamente, extendiendo su mano para ajustar sus codos tirando de ellos hacia atrás, haciéndola arquearse hacia él y empujar sus tetas hacia adelante.

Al acariciarlas bruscamente y provocar los pezones con más pellizcos, volvió a hablar.

"No voy a requerir que perfores estos, todavía, pero deseo que estén decorados adecuadamente".

Seleccionando una cadena, tiró de sus pezones metiéndolos a través de pequeños anillos en cada extremo de la cadena.

Estaban lo suficientemente apretados como para sostener la cadena, pero sin dañar la piel.

Tiró de la cadena y le dio una palmada en la teta izquierda, haciéndola gemir y dejando sus ojos húmedos.

Los lazos de la cadena se apretaban alrededor de sus pezones cuando el pecho se hinchó.

Después de palmearle las tetas varias veces, agarró la cadena y tiró de ella con fuerza, estirando la carne de las tetas antes de que la cadena se saliera.

Ella gimió, tembló y las lágrimas rodaron por sus mejillas por el escozor.

Su polla se agitaba mientras la miraba.

Repitió el proceso pellizcando y apretando bruscamente sus pezones y golpeando sus tetas mientras probaba cinco cadenas diferentes, tirando de cada uno de sus pezones con fuertes tirones mientras intentaba con otra cadena.

La cadena que finalmente eligió estaba decorada con pequeñas campanillas colgando de los bucles que tintineaban en cada una de sus bofetadas.

Ahora ella tenía los ojos llenos de lágrimas por el dolor cuando él corrigió su postura una vez más.

Usando su zapato para empujar sus rodillas, gruñó.

"Abre los muslos, pequeña zorra, deseo ver como tu coño brilla, mientras disfrutas del dolor que te doy".

El sonrojo en su rostro casi coincidía con las huellas de manos rojas que cubrían sus tetas mientras su pecho se agitaba.

Sintió el espasmo de su coño y goteó aún más ante sus palabras.

"¿Cómo podría estar disfrutando esto?"

Su pecho palpitaba por el calor y el dolor.

"Debe haber algo mal conmigo, esto no era normal. No hubo caricias suaves ni ansiosas miradas entre ellos. Solo órdenes, obediencia, dolor y placer".

Su mente huyó de nuevo al beso del día anterior y sus labios temblaron junto con su cuerpo al estremecerse al recordar las emociones que había sentido.

Presionando su zapato contra su coño, frotó con el dedo del pie debajo del cuero en su clítoris hinchado y observó cómo su jadeo aumentaba y su cuerpo temblaba, haciendo que las pequeñas campanas tintineen alegremente sobre sus tetas rojas y doloridas.

Podía ver el calor en sus ojos cuando sus caderas rodaron sobre su zapato frotándolo.

Él continuó jugando con su coño frotando el cuero duro en su clítoris hinchado y el agujero que goteaba.

Su cuerpo continuaba ondulándose y balanceando sus caderas contra su zapato buscando el placer allí.

Pasó los dedos por su cabello y lo retorció mientras tiraba de su cabeza hacia atrás y se inclinaba para casi presionar sus labios contra su boca jadeante, susurrando con aspereza:

"Córrete para placer de tu Amo, pequeña zorra que disfruta del dolor. Eres mía".

Él observó cómo ella se arqueaba más fuerte contra su zapato, tensándose y estremeciéndose antes de gritar con su corrida que le cubrió los muslos y el zapato.

'Ella era tan hermosa así de rodillas ante él'.

Él la miró a los ojos mientras su polla se endurecía dolorosamente atrapada en sus pantalones.

Él sostuvo su mano en su cabello, disminuyendo el fuerte agarre para acariciarla mientras ella se calmaba.

Sus piernas temblorosas se doblaron para acurrucar su trasero sobre sus talones.

Mientras ella se recuperaba de su corrida, él le dijo:

"Limpia mi zapato. esclava"

Al verla comenzar a moverse para levantar su mano apretada en su cabello y él empujó su cabeza hacia abajo.

"Con tu lengua, pequeña zorra, prueba lo dulce que eres ".

Él la observó mientras su cabeza bajaba como adoración a sus pies y sonrió.

Su nariz se arrugó con desagrado y su rostro se sonrojó intensamente mientras lamía limpiando sus jugos de su zapato.

La sostuvo contra su zapato hasta que estuvo satisfecho de que ella había terminado.

Apartando sus pies, él mantuvo un brazo sobre ella mientras ella se levantaba sobre sus zapatos de tacón alto y las campanas colgando de sus pezones tintineaban dulcemente.

"Tienes mucho que hacer hoy, esclava, así que viste a ese putito trasero cachondo que tienes"

Puntuando lo dicho con una palmada en el trasero, él se recostó y la observó mientras se abrochaba la blusa sobre sus tetas ahora decoradas.

La cadena que hacía que sus pezones resaltaran deliciosamente contra la pura seda, las campanas claramente visibles debajo de ella.

Mirando hacia atrás en el cajón abierto, introdujo las cadenas no utilizadas y tomó un artículo más antes de ponerse de pie e inspeccionarla cuando terminó de vestirse.

Pellizcando sus pezones encadenados entre la seda, la atrajo hacia su escritorio antes de soltar sus dedos y empujarla boca abajo y golpear su trasero nuevamente.

Ella gimió, humedeciéndose de nuevo sus ojos al darse cuenta del constante dolor y el calor con que él la estaba bañando esta mañana.

Ella tembló cuando él le explicó que usaría una cosa más durante esta mañana y que cuanto más rápido completara las tareas que él le había encomendado, antes se la quitaría.

Ella observó con curiosidad mientras él llevaba un pequeño objeto de plástico rosa delante de su cara.

Éste tenía la forma de una zanahoria pequeña, pero su curiosidad fue reemplazada por temor cuando él le explicó dónde lo usaría.

Ella se retorció bajo su mano apretada sobre su espalda, sus piernas presionando contra las de ella.

Podía sentir su polla dura dentro de sus pantalones.

Su mente se llenó de imágenes de él poseyéndola mientras su fuerte agarre se volvía más débil para acariciarla más suavemente.

Su voz susurró dulcemente en su oído para calmarla.

Al ver el temor entrar en sus ojos, él casi se detuvo, pero a ella le había ido tan bien en su obediencia a todo lo que había querido esta mañana.

Necesitaba saber que nada le estaba prohibido en lo que él le pediría, así que se inclinó hacia su oído y le susurró:

"Tú, mi esclava, usarás esto porque soy tu Amo y eso me agrada".

Su mano dejó el juguete sobre el escritorio mientras acariciaba la suave piel de su trasero.

"Pequeña esclava, ¿quieres complacer a tu Maestro?, ¿verdad?"

Él habló y la acarició como lo haría con una mascota asustadiza.

Susurrando su necesidad de poseer cada parte de ella, dominarla y poseerla por completo.

Moviendo la mano acariciando la carne rosada y caliente de su trasero, pasando un dedo entre sus nalgas hacia su pequeño y húmedo coño, la provocó acariciando suavemente sobre sus nalgas, una vez más untando sus jugos, pero ahora sobre el agujero oscuro y fruncido de su trasero.

Levantando el juguete frente a su cara, le susurró:

"Usarás esto, esclava, para mí, tu Amo".

Rodando el juguete sobre su coño mojado, cubriéndolo con su corrida, lo presionó después contra su trasero.

Al verla tensarse y apretarse, él levantó la mano de su espalda y le golpeó el trasero ligeramente.

"Relájate, pequeña esclava, confía en tu Amo".

Empujó con más fuerza el pequeño tapón mirando su anillo anal lentamente comenzar a estirarse alrededor de él.

Sintió oleadas de emociones en conflicto rodando dentro de ella.

Como estaba a su merced, se mordió el labio sabiendo lo caliente que estaba para él.

Sus dedos penetrantes calentaron su sensible coño nuevamente mientras sentía su otra mano jugar en su trasero.

Ella se estremeció al escuchar sus susurros y sentir su polla dura contra su cadera.

Mientras él tomó el juguete y jugo más con su coño y culo hasta que ella no pudo más y ya estaba gimiendo de nuevo y moviendo las caderas.

Ella sintió que él movía el tapón de nuevo a su trasero y que lo presionaba contra ella.

Ella se tensó y él le dio una cachetada.

Cerró los ojos y respiró profundamente maullando ante la extraña sensación de tener el trasero jodido.

Se sentía tan grande dentro de ella, pero sabía que no era así.

Su mente se tambaleó entre el calor de su coño mojado y la sensación no tan dolorosa como excitante en su trasero cuando su anillo anal se apretó alrededor del tapón para mantenerlo en su lugar.

Él gruñó al ver desaparecer el tapón dentro de la chica que gimoteaba ante él.

Anhelando ver su rostro mientras ella usaba el tapón, la levantó con lo que la falda cayó en su lugar cubriendo su trasero.

Mientras lo miraba con los ojos húmedos y su rubor brillando en las mejillas de ella.

Le dio una palmada en el culo y con los dedos buscó el tapón y para jugar con él mientras observaba las emociones que le cubrían la cara.

Él le sonrió en su rostro suave mientras se inclinaba para besar sus temblorosos labios.

"Me has complacido mucho esta mañana, mi esclava. Pero te aviso que este será un día bastante largo para ti. Así que, si tienes algún plan para esta noche, necesito que lo cancele. Piensa en alguna excusa ". Él le sonrió.

"Y puedes decirles a tus padres que asistirás a una cena de socios comerciales conmigo ya que requeriré tus extraordinarias y únicas habilidades"

Ella le escuchó mordiéndose el labio, sonrojándose mientras él jugaba con el tapón en su culo y el apretar de su coño ante sus palabras.

'¡Ella lo había complacido!'

Ella estaba sorprendida de cómo esto la hace sentir con su beso añadiendo placer a su alegría.

Dio un paso adelante para rozar su polla, dándose cuenta de cuánto quería sentirla dentro de ella en lugar de los juguetes que la hacía usar cada día.

El darse cuenta de esto hizo que sus mejillas ardieran aún más, su mente emulando su tono dominante:

'Tú, pequeña Susy, te has convertido en su puta'.

Ella no pudo evitar los sentimientos de alegría que tenía al complacerlo a la luz de las decepciones de ayer.

La vergüenza y la humillación de cómo lo complacía la invadió brevemente.

Él le inclinó la cabeza hacia arriba por la barbilla y la miró a los ojos viendo sus emociones en conflicto, sonrió y la besó profundamente.

Ella se derritió de nuevo.

* * *

Se sentó algo incómoda en su escritorio y llamó a sus padres para decirles que iba a ir a una cena de trabajo, a un amigo con el que había pensado que podría encontrarse para tomar un café después del trabajo, y al novio que ya había pospuesto para el fin de semana.

Así que las llamadas telefónicas se terminaron rápidamente y ella le envió a su Maestro un mensaje instantáneo para avisarle.

Él la llamó de regreso a su oficina y ella entró en la habitación cerrando la puerta detrás de ella y caminando hacia su escritorio antes de arrodillarse para colocarse delante de él.

La inspeccionó y ajustó su posición antes de continuar.

Ella escuchó atentamente mientras él explicaba la posición de rodillas para los esclavos: Las rodillas abiertas, las manos detrás de la espalda, la cabeza ligeramente inclinada hacia él y los labios abiertos.

Explicó la posición sentada de los esclavos, que era muy similar a arrodillarse, con la que ella podía descansar las rodillas sentándose con el trasero acunado sobre los talones.

Si le pidieran que se mostrara cuando estaba de rodillas o de pie, entrelazaría sus manos detrás de su cuello y tiraría de sus codos y hombros hacia atrás como lo había hecho antes.

Le pidió que practicara esto, mediante una orden de una palabra de arrodillarse, sentarse o exhibirse, mientras le contaba las tareas del resto de los días.

Habría un almuerzo tardío con algunos amigos de su club en la sala de reuniones de su oficina.

No se le requeriría cocinar o servir hoy, pero sería parte de sus deberes en otros momentos.

Le advirtió severamente que no debía dudar en obedecer sus órdenes hoy o que los castigos superarían con creces lo que ella experimentó ayer.

Ella se estremeció y susurró un:

"Sí, maestro".

"Confiarás en mí, pequeña Susy, de que de todas las posesiones que poseo, eres la más preciosa".

Él la miró a los ojos y vio que sus ojos se abrían con confusión.

"Sí esclava, eres de mi propiedad. Eres un tesoro precioso y eres mía".

Su cerebro le gritó:

"¡Una semana acepté, fue un juego!"

Su mente daba vueltas, "ni siquiera recordaba haber expresado su acuerdo para la semana. ¿Cómo había estado de acuerdo con esto? ¡Estaba hablando como si la quisiera mantener como su esclava para siempre!"

Su rostro mostró su creciente sensación de miedo momentos antes de que su boca descendiera sobre la de ella en un profundo beso apasionado.

Podía sentir su anhelo, su necesidad por ella, su amor en ese beso y se fundió en su mente dejando de cuestionarlo, recordándose a sí misma que él había prometido que hablarían al final de la semana.

Rompiendo su beso, se levantó y la dejó arrodillada sin aliento donde estaba y se volvió hacia su escritorio.

Colocó varios archivos en el borde de su escritorio, para que ella los entregara personalmente, y en el orden que los había dispuesto, a algunos de los ejecutivos, así como una lista que detallaba una variedad de tareas para toda la empresa, incluida la verificación de los preparativos de los alimentos para su almuerzo.

Ella asimiló todo lo que él le explicó y suavemente dijo:

"Sí, Maestro", cuando él parecía haber terminado, pero se quedó dónde estaba hasta que él le dijera lo contrario.

Mirando su reloj, sugirió:

"Será mejor que te apures, pequeña esclava, el entrenamiento ha tomado más tiempo de lo que había planeado y todavía tienes mucho que hacer antes de que lleguen mis invitados".

Él abruptamente regresó a su trabajo y ella se quedó arrodillada por un momento confuso antes de ponerse de pie, tomar los archivos y la lista y regresar a su escritorio para clasificar las tareas y la mejor manera de abordarlas.

Ella le envió un mensaje instantáneo para hacerle saber de su partida de su oficina.

"Date prisa entonces esclava. Tienes dos horas. No te entretengas porque por cada diez minutos que llegues tarde te castigaré"

Parpadeó este mensaje de respuesta en su pantalla y se fue apresurada.

Se encontró con que sus nuevos zapatos de tacón más altos de lo normal hacían que sus caderas se balancearan más, y la falda plisada rodara y rebotara con cada paso.

Sostuvo los archivos en su pecho para que las campanas no tintinearan.

Casi voló a las cocinas y hacia otras tareas antes de entregar los archivos para protegerse el mayor tiempo posible.

Sonriendo y hablando poco mientras iba a revisar las cocinas y otras pequeñas tareas fáciles de hacer, ella seguía muy consciente de la cadena y el tapón que usaba para él, preocupándose de que el calor que sentía constantemente entre sus piernas comenzaría a ser obvio para cualquier persona, por toda persona que la veía.

Revisó su reloj feliz con el tiempo que le estaba llevando y finalmente comenzó a entregar personalmente los archivos y las notas a los ejecutivos.

Consciente de lo corta que era su falda y de lo delgada que era la blusa sobre sus tetas encadenadas sin sujetador, se sonrojó furiosamente cuando los ojos de los destinatarios de los archivos la recorrían o se demoraban demasiado en ella.

Intentaba mantener los archivos que le iban quedando pegados al pecho, pero la mayoría de las veces le pedían que los dejara en la mesa y esperara mientras comprobaban qué era lo que ella les había traído.

***

Aunque había ido comprobando constantemente su reloj, se dio cuenta de que ya iba a llegar tarde de vuelta a su escritorio cuando llegó a su último recado, que era en el despacho de Alan Clarkson.

Al ver a Anne en su escritorio sonriéndole, Susan se sonrojó y se acercó.

"Gracias por el hermoso traje, Anne. Me sienta perfectamente". Susan casi susurró.

Anne se rio alegremente.

"¡Ya veo lo bien que te sienta! Oh, cariño, me parece fabuloso, aunque ya imaginaba que te sentaría muy bien. ¡Déjame decirle al Maestro que estás aquí que él también te querrá ver!"

"Tengo un archivo para él".

Ella exclamó, sacudida al darse cuenta de que Anne también era una esclava.

Susan la miró con ojos más críticos notando la forma en que estaba vestida.

"Genial. Así cumplimos dos objetivos con una visita", guiñó un ojo y volvió a reírse mientras tecleaba un mensaje instantáneo en la pantalla y esperaba una respuesta.

Ella se rió de su respuesta explicando que a él le gustaba la analogía de los dos objetivos.

Saliendo de detrás de su escritorio tomó a Susan por el brazo mientras la llevaba a la oficina de Alan Clarkson.

Alan salió de detrás de su escritorio.

"Dame el archivo y déjame mirarte Susan, cariño".

Él la miraba como un lobo hambriento extendiendo su mano para tomar el archivo.

Sonrojándose profundamente, le entregó el archivo.

Él emitió un sonido de "hmm" y la rodeó.

"Exhíbete, pequeña Susan".

Sus ojos se agrandaron y lo miró a la cara en busca de un chiste, pero no vio ninguno, así que amplió su postura y levantó las manos hacia la nuca detrás de su cuello.

"Ooh campanitas, que encantador. Sabía que a él le gustarían las 'campanas para su Susan'".

Él rió a carcajadas y le dio una palmada en el culo a Anne diciendo:

"¡No te lo dije!"

Sin saber qué hacer, y sin querer parecer desobediente, antes de que este Maestro volviera a ocupar su lugar mientras él la miraba, se quedó quieta.

"Salta Susan, quiero escuchar las campanas".

Ella saltó y él le hizo un gesto con la mano para que continuara.

Lo intentó, pero sus saltos fueron pequeños ya que se tambaleaba sobre sus zapatos de tacón alto haciendo una mueca cuando su falda se levantó y cayó mostrando su desnudez debajo de ella.

Casi se cayó en un momento hasta que él extendió la mano. y la agarró del brazo para estabilizarla.

"Gracias, señor Clarkson". Ella jadeó.

"Sabes, Susan, tienes las tetas juguetonas más vistosas que he visto en mucho tiempo. Deberías pensar en perforarte los pezones. Las tetas se te verían aún más apetecibles e irresistibles para tu Maestro". Alan dijo muy seriamente mientras la estudiaba.

Ella palideció mientras él hablaba.

Él debió haber visto la mirada en sus ojos ya que se volvió rápidamente hacia Anne.

"Quítate la blusa para que Susan pueda ver las tuyas".

Se volvió hacia Susan.

"Ella se los hizo poco después de unirse a la compañía".

Susan miró a la mujer rubia incapaz de mirar a los ojos a Alan mientras se sonrojaba aún más.

Anne llevaba un sostén que no cubría sus grandes senos, si no que más bien los sostenía como en una repisa.

Sus senos estaban adornaos con aros dorados, anchos y largos, colgando de sus pezones.

Susan se quedó paralizada hasta que Alan enganchó su dedo en el aro izquierdo y lo levantó, obligando a su seno a estirarse en forma de cono haciendo que Anne se quejara guturalmente.

Alan se lamió los labios y sonrió.

"Está simplemente hermosa, ¿no te parece Susan?"

"Sí, señor Clarkson".

"Irresistible como dije, pero todos tenemos que trabajar antes de poder jugar". Él dirigió su sonrisa contagiosa hacia ella y le guiñó un ojo, "Será mejor que corras hacia tu escritorio Susan, tu Maestro te estará esperando, estoy seguro. Hazle saber que miraré el archivo antes del almuerzo de hoy. Nos vemos allí".

Él se rió entre dientes y la envió de vuelta, aun sosteniendo a una Anne quejumbrosa por el anillo de oro.

"Sí, señor Clarkson", dijo Susan girándose y casi huyendo de la oficina, cerró la puerta silenciosamente detrás de ella.

Tomando una respiración profunda para calmarse, se apresuró a regresar al despacho de su Amo.

No queriendo detenerse ni hablar con nadie en la vuelta hacia su escritorio, caminó con la cabeza baja, ocultando su sonrojo y encorvándose para tratar de disfrazar sus tintineantes tetas.

Llegó a su escritorio a una velocidad récord y le envió un mensaje instantáneo para hacerle saber que había regresado.

LA HABITACIÓN DE CASTIGOS

Él la llamó de inmediato.

Se metió en su oficina y cayó de rodillas justo delante de la puerta.

Poniéndose de pie y caminando hacia ella en la entrada de la sala, él ladró:

"Sígueme. Llegas tarde".

Se puso de pie de un salto y corrió tras él a una habitación contigua sólo unos pasos detrás de él.

Esta habitación tenía una decoración extraña.

Él se giró.

"Desnúdate, pero quédate con las medias puestas".

Ella rápidamente acató el grito de sus órdenes, obedeciéndole sin pensar, quedándose desnuda y temblando, mientras las campanas de sus tetas tintineaban.

Su atención se centró en él mientras lo veía abrir un cajón y sacar un corsé blanco.

Pasando detrás de ella, la envolvió con el corsé alrededor de su cuerpo y comenzó a atarla apretando fuertemente su cintura.

Las solapas de copa seguían la curva de sus juguetonas tetas y terminaban justo debajo de sus pezones.

Los pequeños, duros y encadenados brotes de color rosa sobresalían por encima de la cadena de oro y las campanas, agregando su cancioncilla a sus gemidos.

Mientras, ella permanecía quieta mirando sin ver la pared para después concentrarse en sus manos apreciando la sensación del corsé con el que él la estaba atando.

Le dio una palmada en el trasero cuando terminó.

Ella chilló de sorpresa más que de dolor cuando la levantó como una muñeca y la arrojó, sujetándola a una viga acolchada que formaba parte de los muebles extraños de esta habitación.

Era alta y se encontró colgando de las piernas y pateando la viga para recuperar el equilibrio cuando una vez más golpeó su trasero hacia arriba.

Se alejó un poco preguntándola.

"¿Qué te llevó tanto tiempo, pequeña esclava? ¿Perdiste tiempo para que todos los ejecutivos vieran lo gran puta que eres con tu nueva ropa y accesorios?"

Ella gimió, sonrojándose aún más.

Su rostro se puso rojo escarlata cuando la mano se imprimió en su trasero.

Ella sintió que él se movía y se rozaba contra ella mientras sus dedos abrieron sus nalgas manoseándola.

Ella lo miró por encima del hombro mientras él miraba su trasero y se sonrojó aún más, su humillación por desagradarlo y la posición vulnerable en la que estaba haciendo que se doblegara ante sus palabras.

Su respiración era dificultosa por el corsé apretado por lo que comenzó a jadear y a gemir.

Las manos de él separaron sus nalgas y bajó la mirada hacia el obstinado juguete, mientras ella temblaba con el culo apretándolo.

Pasó las manos sobre su piel lisa y se deleitó con el hecho de que ella era suya para dominarla y disfrutar de ella como deseaba.

Observando su reluciente coño mojado mientras sus dedos jugaban con el tapón gruñó:

"Puedo ver que has disfrutado usando esto para mí, pequeña zorra".

Él habló con un filo en su voz mientras apretaba ligeramente el tapón para que lentamente se le estirara de nuevo el ano ante sus ojos.

Ella gimió, casi sin aliento.

"Sí, Maestro".

Él sonrió disfrutando de la vista y el sonido de este cuerpecito perfecto.

Su música quejumbrosa en sus oídos mientras le quitaba el tapón, observando lentamente el anillo de su ano abrirse y apretar lentamente como una estrella oscura y apretada.

Se burló una vez más de ella con su dedo:

"¡Cada parte tuya es mía, pequeña esclava! Nada está fuera de los límites de tu Amo".

Su dedo empujó dentro de ella escuchándola gritar en respuesta a él.

Podía sentir su hambre por él apenas controlada, por lo que alejó su mano y se alejó de ella gruñendo:

"Entiendes que necesito castigar tu tardanza ahora, ¿verdad?"

"Si señor."

Sintió la picadura en el trasero, no tan fuerte como ayer, pero lo suficiente como para hacerla exclamar y perder el equilibrio en la viga otra vez mientras se sacudía y mecía.

Podía sentir el verdugón, un hormigueo ardiendo en su carne y comenzó a soltar disculpas y excusas.

La silenció con otro golpe punzante de un látigo.

Continuando mientras sus dedos recorrían los dos ribetes.

"Debes haber estado perdiendo el tiempo, ya que llegaste cuarenta y cinco minutos tarde".

El látigo la golpeó nuevamente dos veces seguidas y ella chilló y se sacudió sobre la viga.

"Y por los cinco minutos adicionales ..."

Él látigo aterrizó con dureza en sus muslos.

Gimió con lágrimas que empañaban su rostro cuando las ronchas punzantes irradiaron un dolor ardiente en su cuerpo.

Podía ver su coño brillando de humedad, así que movió el látigo entre sus piernas frotando la punta plana de cuero sobre su clítoris.

Ella jadeó y se sacudió.

Él continuó jugando con ella acercándose forzando un dedo hacia su trasero mientras ella temblaba y gemía con las caderas balanceándose entre su mano y el látigo apretado contra su clítoris hinchado.

Él comenzó a bombear su dedo más fuerte en ella agregando un segundo dedo mientras ella se resistía y maullaba en su necesidad.

Ella se vino explosivamente casi cayéndose de la viga, pero la mano de él se clavó en su trasero.

"Qué puta tan traviesa eres, ¿no? Cómo te gusta el dolor"

Él retiró los dedos de ella mientras observaba su cuerpo estremecerse con espasmos.

"Tienes que esperar hasta que tu Amo te diga cuando te puedes correr, esclava"

El látigo mordió su carne una vez más y ella gritó.

"¿Me entiendes, esclava?"

"Si señor."

Ella aulló cuando el látigo le envió un dolor muy ardiente a sus muslos nuevamente.

Sintió más que vio la pequeña tira elástica de tela que él le metía por sus piernas y se acomodaba alrededor de sus caderas antes de que él la apartara de la viga y la levantara sobre piernas temblorosas.

Miró hacia abajo, la tira de material estaba hecha lo suficientemente ancha como para cubrir su sexo y al principio pensó que podría ser como un cinturón.

"Esclava de exhibición", dijo él mientras llevaba las manos a la cintura y ensanchando y ajustando la postura de los muslos y el culo con cada movimiento.

Ella se daba ahora cuenta de que era una especie de falda para exhibirla.

Se acercó a un armario y sacó un par de zapatos de tacón blancos, colocándolos a sus pies para que se los pusiera.

Él la rodeó, sus dedos trazando sobre las líneas rojas ribeteadas que se veían debajo de la llamativa falda.

"Nunca te has visto más Susan que ahora, Susy".

Se inclinó besando las huellas de lágrimas debajo de sus ojos todavía acuosos, hablando suavemente.

"Mmm, mi pequeña zorra, me encanta ver tus demostraciones de ansiedad, pero estamos esperando invitados, así que ve al baño privado en la segunda puerta a la derecha. Allí encontrarás tu marcas de maquillaje habituales. Arregla tu cara y tu cabello ".

Le tendió una cinta recubierta de oro.

"Ponte esta cinta. Sin perfume. Y vuelve a mi escritorio".

Entró en el baño y se paró frente al espejo de cuerpo entero.

"¿Quién es esa chica?" pensó. "¿Qué le había pasado a la 'buena chica' que había sido toda su vida? ¿Cómo se había convertido en la puta que veía en el espejo?"

Se movió y se retorció al notar que la falda no cubría su coño o culo en absoluto, sino que resaltaba sus ronchas y su constante estado de excitación.

"Es un juego" pensó, sabiendo en su cabeza que estaba mucho más allá de un juego y que todo lo que podía hacer era esperar hasta el final de la semana.

"Al final de la semana, ¿qué pasaría entonces?"

Sus preguntas silenciosas se detuvieron, mientras pensaba en esa cuestión.

"Respira", se dijo a sí misma, "Solo respira y obedece".

Se liberó de sus constantes preguntas y volvió a aplicar su maquillaje en su cara.

Se recogió el pelo ondulado en una coleta apretada y volvió a caminar hacia el espejo de cuerpo entero.

"Respira, solo respira y obedece". Ella se repitió.

Echando un último vistazo y respirando lentamente, volvió hacia él caminando hacia su escritorio y arrodillándose ante él como le había enseñado.

La observó caminar con las mejillas redondeadas de su culo deliciosamente expuestas, las ronchas se mostraban rojas y furiosas mientras caminaba cuidadosamente sobre los tacones haciendo que sus caderas se balancearan como una puta dispuesta para el placer.

"Es mía" se dijo casi incrédulo.

Su entrenamiento había progresado tan bien esta semana; mejor de lo que él podría haber esperado.

Cada obstáculo que él puso parecía superarlo con relativa facilidad.

Constantemente le preocupaba que fuera demasiado rápido, ella casi huyó ayer, y había visto temor en sus ojos hoy en la mañana, pero al final siempre había obedecido.

Su sumisión casi había sido criada en ella por la combinación de su padre dominante y su madre de naturaleza dulce.

La había deseado por tanto tiempo.

Descubrir su ansia de dolor erótico solo alimentó su deseo de dominarla.

No quería dejarla ir al final de la semana, aunque sabía que podía obligarla a seguir siendo esclava por chantaje o coacción, sabía que ese tipo de relación nunca cumpliría sus deseos.

Necesitaba un vínculo de confianza y amor mutuo, para que ella deseara su dominio como él deseaba su sumisión total.

La miró durante largos momentos mientras ella estaba arrodillada ante él.

Había trabajado duro para llegar a este punto en su vida.

Tenía su propia compañía y su club que alimentaban sus deseos más oscuros de dominar y controlar todo en su vida.

Tenía una esposa, una familia y un hogar, la envidia de muchos, pero nunca todo eso había sido suficiente.

Podía tener a cualquier esclava en la compañía o el club, y había usado muchos de ellas en alguna ocasión.

Pero había buscado a la que podía poseer y amar al mismo tiempo, algo que siempre se le había eludido.

Él la miró a los brillantes ojos verdes.

Susan era diferente, su deseo era que ella fuera mucho más que un cuerpo para usar y abusar a voluntad.

Quería poseer, controlar y cuidar a la pequeña chica, dominar cada parte de su vida y mostrarle cuán profundo puede ser el amor de una esclava y un Amo.

Qué diferente de la de marido y mujer, o amantes, sino que era mucho más profunda y de confianza.

Tomando una cinta de terciopelo blanco de su escritorio, se inclinó hacia adelante para besarla profundamente.

Mientras colocó la cinta en su lugar alrededor de su cuello.

Ella se sobresaltó cuando escuchó el chasquido del clip cerrándola como una gargantilla apretada.

Sus manos continuaron acariciándola mientras el beso se demoraba.

Él le acarició sus hombros y bajó por su pecho, para pellizcar los pequeños brotes duros sacudiéndolos para escuchar el sonido de las campanas y el gemido de ella en su beso.

Rompiendo el beso, se puso de pie acercándola hacia él por sus pezones.

"Nuestros invitados llegarán pronto, ven mi pequeña esclava".

La llevó a la sala de reuniones y la empujó delante de él, simplemente dijo:

"Ponte allá".

Él la observó mientras ella se mordía el labio y miraba la cantidad de sillas.

Se acercó a la cabecera de la mesa ovalada y se arrodilló en el suelo junto a lo que pensó que sería la silla de él.

"Muy bien, mi pequeña esclava que de cosas has aprendido bien hoy".

LA HISTORIA CONTINUARÁ EN EL PRÓXIMO VOLUMEN: REUNIÓN CON LOS AMOS

CONAN EL BÁRBARO
VOL. 4
ERIKA SANDERS

CAPÍTULO IV
VALERIA

Valeria subió las escaleras en la parte posterior de la tienda de cartografía y mapas.

Onna, la propietaria de la tienda, era alguien a quien había conocido hacía ya mucho tiempo.

A menudo le había proporcionado para el viaje documentos o mapas interesantes, que los habían llevado a aventuras dramáticas en las tierras del norte.

El último mapa de este tipo había resultado particularmente útil, y ella merecía saber el resultado de esa aventura, por lo que Valeria se acercó allí poco tiempo después de haber regresado.

Llamó a la puerta de la vivienda que tenía Onna sobre la tienda, y fue recompensada poco tiempo después cuando la dueña abrió la puerta.

Valeria vio que la mujer estaba bien vestida y llevaba un rico vestido azul sin mangas, con una falda larga rajada por el costado para lucir una pierna delgada y botas hasta el tobillo.

Un cinturón ancho le ceñía la cintura, acentuando su figura, y el vestido en sí tenía un escote en forma de diamante abierto entre sus pechos con tirantes sobre sus hombros desnudos, donde un collar de piedras de color ámbar colgaba en el cuello.

Valeria se percató de todo esto y se dio cuenta enseguida de que probablemente no era la ropa casual de su amiga.

"¿Te he interrumpido?" Ella preguntó: "Siempre puedo volver mañana".

Onna pareció desconcertada por un momento, y luego se miró a sí misma, siguiendo los ojos de la elfa.

"Oh, nada que no se pueda posponer", dijo ella, sonrojándose ligeramente, "yo solo estaba ... no, no es nada. Entra".

"Si estás segura", respondió Valeria, entrando.

Ella había estado aquí antes, pero no muy a menudo.

Generalmente se veían en la tienda.

Onna mantenía los mejores y más valiosos documentos aquí, donde estarían más seguros.

Habiendo descubierto que los clientes de Valeria pagaban bien por esa información, estos documentos le habían proporcionado valiosos clientes, así como que se hicieran amigas, y estaba entre la poca gente que tenía acceso a su santuario interior.

Un largo sofá tapizado ocupaba el centro de la habitación, colocado en una rica alfombra azul y blanca frente a una chimenea ornamental que, en esta época del año, permanecía apagada.

Antiguos jarrones y artículos de arte decoraban la habitación, mostrando la pasión de la mujer por las cosas del pasado.

En la parte posterior de la sala, un escritorio contenía varios pedazos de pergamino, que estaban claramente en el proceso de examen por parte de Onna.

"Quería hacerte saber cómo resultó tu última venta", explicó la mujer elfa, "fue muy rentable para nosotros".

"Sí, me enteré de que habías regresado", dijo Onna, "las noticias viajan rápido. Conan y Snagg estaban en La Copa de Oro hace solo dos noches, y ya la mitad de la ciudad lo sabe".

Valeria asintió, sonriendo.

Conan no había regresado hasta la mañana siguiente, lo cual era casi inusual, e incluso Snagg había regresado tarde.

Sin duda, se habían pasado el tiempo complaciendo a cualquiera que escuchara.

"¿Entonces ya conoces la historia?" preguntó ella, un poco decepcionada.

"Sólo la historia de forma vaga; debes completarla para mí. Pero, antes de eso, tengo otros asuntos para ti. Me he encontrado con un documento que creo que podrías encontrar bastante interesante".

"No tenemos previsto de salir de nuevo todavía", le advirtió Valeria, "pero esa no es una razón para no echar un vistazo, estoy de acuerdo con eso".

Si el documento fuera útil, sería mejor comprarlo ahora que correr el riesgo de que se lo venda a otros aventureros antes de que puedan obtenerlo.

Siguió a Onna hasta el escritorio y miró con curiosidad los trozos de pergamino que tenía delante.

"Esta es la única copia que existe", le dijo Onna, sosteniendo un fajo de pergaminos más viejos. "En realidad se trata de esta ciudad, aquí mismo. Un documento antiguo, que llegó a mis manos de forma fortuita. Parece ser un relato de algunos aventureros de tiempos pasados. Encontraron algo debajo de la ciudad, en los antiguos manantiales, creo. Mira, hay algunos mapas aquí, bastante rudamente dibujados, lo sé, pero parecen estar refiriéndose a algo peligroso ".

"Nada que sea lo suficientemente peligroso como para destruir la ciudad durante un siglo o así, ¿verdad?" Contestó la elfa, sonriendo.

Onna sonrió en respuesta, un destello de dientes blancos.

"No, supongo que no. Pero, no obstante, es interesante, ¿no crees? Y aquí mismo, así que no habrá necesidad de 'ir' a ninguna parte para investigarlo. Creo que puede resultarte gratificante leerlo".

Valeria asintió, "Estoy interesada. Podemos discutir los precios más adelante".

Por supuesto ... pero hay una última cosa. Algo en lo que necesito tu ayuda, en realidad. Me encontré con otro documento recientemente. No hay razón para suponer que sea de especial interés para los aventureros ... pero, bueno, está en un dialecto arcaico de los elfos, que tengo dificultades para traducir. Para ser honesta, no estoy llegando demasiado lejos; hay demasiadas palabras desconocidas para mí. Si lo puedes ver, y darme una idea de si lo que hay vale la pena para que lo analices más a fondo ... podría ser capaz de ofrecerte un descuento en esto otro", ella acarició ligeramente la gavilla con los mapas.

"Claro, ¿por qué no? Déjame echar un vistazo y veré lo que puedo decirte".

Onna le entregó unas cuantas hojas de pergamino, que no parecían tan viejas como las otras.

Sí, el dialecto era muy arcaico, y debe de haber sido copiado varias veces, pero la escritura era claramente élfica.

Los revisó por un corto espacio de tiempo, y luego sofocó una carcajada, poniendo su mano sobre su boca para ocultar su diversión.

"Lo siento", dijo, "no es exactamente lo que piensas. No es realmente arcaico ... sino todo lo contrario, en todo caso. Pero no, puedo ver que muchas de estas palabras no son las que normalmente encontrarías en tu trabajo. Y el estilo es ... no es realmente uno con el que esté familiarizada, tampoco ".

Onna frunció el ceño, pareciendo confundida.

Las comisuras de su boca se contrajeron, sin embargo, en simpatía con la diversión de la elfa, pero sin saber de qué se trataba la broma.

"Entonces, ¿qué es? ¿No es valioso? ¡Dime que no es solo una lista de compras, o algo así!"

"No, no es eso", Valeria estaba teniendo dificultades para evitar sonreír.

Realmente no era culpa de su amiga que se hubiera encontrado con esto.

"Y supongo que podría valer algo para el comprador correcto. Es solo que ... bueno, tal vez debería leerte un poco para que sepas de lo que estoy hablándote".

***

El olor fragante de las rosas flotaba en el aire, la luz que manchaba las hojas verdes como el toque de la luz del sol sobre el agua reluciente.

La doncella elfa esperó la bendición del arrebato que anunciaría un nuevo amanecer, su corazón cantando una melodía antigua, pero nueva, una promesa de un fértil despertar.

El aliento de su amante, tan suave como la lluvia de verano en su rostro, su beso, la promesa de un futuro sin revelar.

El toque de una mariposa sería igual de dulce, como cuando la doncella elfa acercara a su lengua los grandes y ligeros globos de los pechos de su amante deseada ...

***

"Lo siento, ¡simplemente no puedo seguir!" Dijo Valeria ahora riéndose a carcajadas.

"Pero creo que entiendes la situación. Esto ... esto es básicamente pornografía élfica. Y el estilo es probablemente más exagerado incluso de lo que parece traducido al Lenguaje Común. Alusiones poéticas y así sucesivamente ... la gente lee esto, pero no es parte de su lectura habitual, no lo creo. Tampoco quiere dármelas de muy experta en estas lecturas ".

Onna, al parecer, tuvo una reacción bastante diferente.

Parecía más nerviosa que cualquier otra cosa, con los ojos muy abiertos, aunque su boca todavía se contraía en una media sonrisa, como si al menos pudiera ver el lado divertido.

Abrió la boca, como si estuviera a punto de decir algo, pero ella pareció pensarlo mejor.

"¿Sí?" dijo Valeria, con más amabilidad, aunque siguiendo con la sonrisa en los labios.

"Pero ... uh ... quiero decir, la doncella elfa en el ... uh, ¿no dijiste 'de su amante' ..." Dejó la frase incompleta, ahora empezando a sonrojarse un poco.

La elfa se dio cuenta inmediatamente de la fuente de confusión de su amiga.

Los humanos solían ser un poco lentos en estas cosas.

"Sí", dijo, pareciendo un poco más seria ahora, "la amante de la 'doncella elfa' es otra mujer. Sin leer más, es difícil estar segura, pero no parece haber ningún hombre involucrado en esta historia en particular. "

"¿Es eso ... es eso común?"

Los ojos de Onna todavía estaban muy abiertos, y ahora estaba agarrando el lado del escritorio con una mano, una oleada de emociones cruzando su rostro.

Estaba claramente avergonzada de preguntar más, pero curiosa al mismo tiempo, queriendo saber la respuesta.

"¿Entre los elfos? Sí, lo es."

Una respuesta directa parecía la mejor manera de tratar el tema.

Al menos la mujer humana no se había asustado, o reaccionado negativamente.

Ella merecía una explicación clara para eso, al menos ... pero Valeria aún no tenía claro hacia dónde iban dirigidas las preguntas.

"Mira, básicamente, los elfos somos personas libres. El sexo es otra experiencia, algo que disfrutamos, como parte de nuestro amor por la naturaleza; no lo vinculamos con normas y regulaciones estrictas. Y esa libertad se extiende al género de nuestro compañero o compañera, tanto como a cualquier otra cosa. Y no son solo mujeres; los hombres elfos a menudo tienen relaciones íntimas entre sí de una manera que la mayoría de los hombres no la tienen. Para nosotros, todo esto es realmente parte de la vida ".

"Entonces ..." ella parecía no estar segura de cómo sacar las siguientes palabras.

Sus ojos azules estaban fijos en los de Valeria, y ella tragó un poco su nerviosismo.

De repente, fue bastante claro para la elfa a dónde iba todo esto.

Y no se opondría en este momento, si solo Onna pudiera realizar la pregunta.

"Entonces ..." continuó la vendedora de mapas, "¿de verdad ...?"

"¿Haría el amor a otra mujer?"

Ella sabía que estaba segura de que era lo que quería preguntar ahora, y solo quería ver la reacción de la humana.

"Sí, lo haría. No hay nada de malo en un hombre ... como dije, somos libres con nuestros afectos. Pero, a pesar de eso, no hay nada como la sensación de una mujer; siempre saben dónde tocar. Y eso me parece verdaderamente divino ".

Dio un paso adelante, para que estuvieran solo a unos centímetros de distancia, pero Onna no hizo ningún movimiento, y sus ojos aún no habían dejado de mirar a los de Valeria.

Se lamió los labios para humedecerlos.

Valeria observó cómo la lengua rosada de su amiga se deslizaba sobre sus labios.

El pecho de Onna subía y bajaba ahora, claramente visible a través del vestido escotado.

La elfa ahora se preguntó si el vestido, atractivo como era, había sido pensado para que lo viera ella.

Onna habría sabido que ella iba a venir ... pero claramente no había anticipado esto; su confusión al escuchar el pasaje leído había sido muy clara.

Quizás lo había querido en alguna parte profunda de su mente, pero no lo había comprendido realmente hasta ahora.

Ahora que la oportunidad se presentaba con la mayor claridad posible estaba confundida.

Onna tomó otro aliento, y luego, con una voz que casi le temblaba, y que era apenas audible incluso a esta distancia tan corta, preguntó: "¿Podrías enseñarme?"

En lugar de responder, Valeria se inclinó hacia delante, acariciando la mejilla de la vendedora de mapas y luego la besó en los labios.

Era un simple contacto, pero por un momento, Onna se retiró hacia atrás, insegura de sí misma.

Pero solo por un momento, ya fue Onna quien dio el siguiente paso, besando a la hechicera elfa en respuesta, y esta vez con más confianza que antes.

Sus labios se separaron, y sus lenguas se entrelazaron cuando Valeria presionó su cuerpo contra el de su amiga, sintiendo la forma de sus pechos a través de su ropa.

Se echó hacia atrás, observando detenidamente la cara de Onna, mirando sus ojos azules, sintiendo el deseo interior no formulado por sus palabras que tenía tantas dificultades para articular.

Su cabello arenoso estaba recogido, dejando su largo cuello desnudo, atractivo.

Valeria pasó la punta de su dedo por la barbilla de Onna, levantándola un poco, luego le besó la garganta y el costado de su cuello, con la otra mano alrededor de la cintura de la mujer, sintiendo el suave calor de la tela.

"¿Quizás deberíamos movernos al sofá?" ella sugirió.

Había un dormitorio aquí, en alguna parte, pero la elfa estaba demasiado ansiosa como para perder el tiempo yéndose hacia él, y ella sospechaba que la mujer humana lo estaba aún más.

Mejor aquí, en esta sala que no es familiar para ambas.

La otra mujer asintió con la cabeza, tal vez pensando los mismos pensamientos, o tal vez demasiado emocionada en este momento como para pensar en otra cosa.

Onna se sentó en el sofá, casi tirándose, con las piernas flojas.

Valeria sonrió, extendiendo la mano para tocar otra vez el rostro de la mujer.

"No te preocupes", dijo tranquilizadora, "esto será divertido".

Ella se sentó a medias en el sofá a su lado, de modo que aún estaban una frente a la otra.

Onna se inclinaba a la espalda del sofá, como apoyo, con los brazos extendidos, la boca entreabierta, el ascenso y la caída de su pecho más evidentes que nunca.

Un broche plateado mantenía la tela de su vestido sobre del descote en forma de diamante a través del cual Valeria podía vislumbrar parte del escote de la mujer.

Deslizó el dedo por la clavícula de su compañera, pasó por el collar con joyas, luego desabrochó hábilmente el cierre, tirando de las dos piezas de tela hacia abajo y hacia un lado, exponiendo los pechos de Onna.

La mujer humana no hizo ningún movimiento, como si estuviera congelada en el lugar en la que estaba, a lo que Valeria le sonrió otra vez y alcanzó los tirantes de los hombros.

Por fin, Onna movió los brazos, como si estuviera en trance, incorporándose un poco de la parte posterior del sofá, para que Valeria pudiera bajarle el vestido desde los hombros y hasta la cintura.

"Te ves hermosa", dijo honestamente, pero la mujer no respondió.

Besó de nuevo, brevemente, los labios y la lengua de Onna diciendo más con el entusiasmo con que recibió los besos que con lo que podía expresar con palabras.

Sus pechos desnudos ahora se frotaban contra la tela del propio vestido de Valeria, pero la elfa decidió mantener su propia ropa un poco más de tiempo.

Terminando el beso, volvió a mirar el pecho de Onna.

Los senos de la mujer eran amplios, más grandes que los suyos, pero no excesivamente dotados.

Ella movió sus manos sobre ellos, sintiendo la suavidad de la piel y provocando que los rosados pezones de pusieran duros.

La vendedora de mapas dejó escapar un grito ahogado ante eso, un chillido de placer que se elevaba involuntariamente.

Valeria sonrió de nuevo.

Ella estaba saboreando esto, tomándose su tiempo.

Se agachó para besar un pecho, rodó el pezón debajo de la lengua e hizo que su amiga volviera a jadear, esta vez más fuerte.

Su pasión estaba aumentando ahora, innegable, pero aun así no hizo ningún movimiento hacia la mujer elfa.

Valeria besó el otro pecho, moviendo su mano para dejarlo libre, y luego se levantó.

Onna pareció agraviada por un segundo, claramente deseando que el placer continuara, hasta que se dio cuenta de que Valeria estaba tratando de desabrocharse el vestido.

A diferencia de la mujer humana, ella no se había vestido especialmente para hoy, aunque, en retrospectiva, hubiera deseado haberlo hecho.

Llevaba un vestido largo y verde, corte en la clavícula, pero no más abajo, con mangas largas y un corpiño amarillo pálido que mostraba su delgada cintura.

Su cabello era retenido sobre sus orejas puntiagudas por bandas verdes en la parte superior, pero caía suelto por su espalda, alcanzando casi la parte superior de sus nalgas.

Ahora, se desabrochó el cierre que sujetaba el vestido en la parte posterior de su cuello, y liberó los brazos de las mangas estrechas, deslizando el vestido sobre sus caderas.

Mientras que su amiga evidentemente había elegido no llevar nada debajo de la parte superior de su vestido, Valeria todavía tenía una combinación debajo de ella, suave seda blanca que marcaba sus hermosas curvas.

Podía sentir la anticipación en los ojos de Onna mientras observaba como se desnudaba, su mirada viajando desde las pantorrillas delgadas y los suaves zapatos verdes, a lo largo del cuerpo cubierto de seda hasta la curva de sus pequeños pechos.

Para prolongar el momento un poco más, Valeria se quitó el vestido y luego se quitó los zapatos uno por uno.

Luego se arrodilló sobre la alfombra, sintiendo el material grueso en sus rodillas desnudas.

Soltó un hombro de la combinación, y luego el otro, empujando la seda lentamente por su cuerpo, para juntarse en su cintura.

Onna no hizo ningún movimiento para tocarla, así que levantó un poco la mano hacia ella y la besó de nuevo.

Sus pechos se tocaron, ahora sí sin ninguna tela de por medio, la pareja de senos más pequeña de la elfa presionando contra los más grandes humanos.

La vendedora de mapas se quedó sin aliento, apartándose del beso, con su emoción muy evidente.

Valeria decidió que ella ya había esperado lo suficiente.

Se apoyó sobre sus talones otra vez, y movió sus manos por el suave vientre de Onna, provocando su ombligo en el camino, luego desabrochó el cinturón, dejándolo a un lado antes de tirar el vestido azul sobre las piernas de la mujer, para acumularse sobre sus pies.

Onna le dio una patada, ansiosa por continuar, y ahora vestida solo con sus botas y un par de bragas blancas.

Ahora Valeria le bajó las braguitas a su amiga, dejándolas a sus pies, pero ninguna de las mujeres se movió para quitarse las botas.

Valeria separó suavemente las piernas de la humana y acarició el interior de su muslo expuesto.

Onna se estremeció, repentinamente vulnerable, toda expuesta.

"¿Quieres esto?" Preguntó la elfa, ya sabiendo la respuesta, pero con ganas de escuchar las palabras.

Pero Onna se quedó callada, y simplemente asintió con la cabeza en silencio.

Ella pasó sus dedos por el vientre de la mujer otra vez, esta vez extendiéndose más, acariciando el pelo rizado sobre su coño.

Luego se arrodilló y lo besó.

El cuerpo de la vendedora de mapas se arqueó, y ella soltó un gemido de placer, el sonido más fuerte que había emitido hasta ahora.

Alentada, Valeria pasó su lengua por toda la longitud de los labios vaginales de la mujer y luego hundió su lengua profundamente en su coño.

El gemido esta vez fue más fuerte aún, sus muslos se convulsionaron, y Onna se agachó, pasando sus dedos por el cabello de la mujer elfa, sosteniéndola contra su entrepierna.

Valeria continuó, deslizando su lengua dentro y fuera, saboreando cada gota de la emoción de la humana, provocando su clítoris.

Sus manos acariciaron los muslos y las nalgas de la mujer, levantándola para obtener una mejor posición de placer.

Onna estaba gimiendo, apretando su propio pecho izquierdo con una mano, y agarrando la cabeza de la maga elfa con la otra.

Ella habló por primera vez, gritando el nombre de Valeria, sus caderas temblando.

Mientras la elfa continuaba sondeando, lamiendo y sacudiendo su clítoris con la punta de su lengua, pudo decir que la vendedora de mapas estaba cerca del clímax.

Todo rastro de su antiguo silencio se había ido ahora, sus gemidos de placer resonaban en toda la habitación.

Ella no podía aguantar mucho más.

Y Valeria no quería también que lo hiciera.

Con un largo y prolongado gemido estremecedor, Onna llegó a su clímax, su cuerpo se arqueó contra el sofá, sus pies con botas tamborileando en el suelo, sus senos agitados.

La elfa se recostó, mirando a la mujer mientras ella jadeaba, gotas de sudor ahora adornaban su cuerpo desnudo.

"Eso fue ... eso fue ..." jadeó Onna, mientras luchaba por recuperar su respiración normal.

"Eso", dijo Valeria, "no ha terminado aún. Creo que aún quieres más ... y te lo voy a dar".

Se puso de pie, dejando que la combinación se deslizara sobre sus piernas hasta el suelo.

La mujer humana parecía casi como si sintiera culpable mientras lo hacía, pero luego se lamió los labios mientras observaba la desnudez de la elfa parada frente a ella.

"No sé si puedo ...", dijo ella, implorando. "Todavía no ... eres hermosa, Valeria, y quiero hacerlo ... pero necesito recuperar el aliento".

"Oh, creo que ya estás lista", respondió ella, inclinándose para besar esos labios una vez más.

Onna cerró los ojos, el beso se prolongó y el movimiento de su cuerpo cuando sus pechos se tocaron una vez más convenció a la elfa de que tenía razón.

Lo que era bueno, porque su propio coño ahora dolía, su propio placer se había demorado demasiado.

Tomó la mano de Onna y la tiró a la alfombra, de modo que las dos estaban acostadas cara a cara.

Se besaron de nuevo, sus cuerpos entrelazados, sus piernas deslizándose una contra la otra.

Se abrazaron, Onna pasó los dedos de una mano por el largo y sedoso cabello de la elfa, luego acarició su espalda, mientras Valeria acariciaba sus nalgas.

El beso continuó, el cuerpo de la vendedora de mapas se frotaba contra el de Valeria y sus pezones se endurecían una vez más.

La elfa la soltó, deslizando su mano hacia arriba para ahuecar un pecho, luego frotó un dedo sobre el pezón rosado.

"¿Ves?" ella dijo, "estás más que lista otra vez. Pero esta vez ..."

"Oh, sí", dijo Onna, "quiero que esto sea para las dos. A menudo he pensado ... en algo como esto. Lo que sería estar con otra mujer, pero nunca ... No pensé que tendría la oportunidad. Ahora sí, no quiero perder este momento ".

"Hazme lo que desees, sin miedo", respondió la elfa, besándola una vez más.

Las manos de Onna se movieron, deslizándose alrededor de su vientre, y subiendo hacia los pequeños pechos de la elfa.

Valeria suspiró contenta, rodando sobre su espalda.

La vendedora de mapas se inclinó sobre ella, besando su clavícula, ahuecando un pecho, sintiéndolo contra sus manos, pero no más.

Para animarla, la aventurera élfica pasó su propia mano por el vientre de la mujer, explorando entre sus piernas una vez más, encontrando sus labios húmedos e hinchados, aun invitando al placer.

Onna se quedó sin aliento, y luego se inclinó para besar a cada uno de los pezones de Valeria, con la lengua húmeda y ansiosa.

"Sí ..." murmuró ella, "oh, sí ..."

La elfa respondió moviendo sus dedos hacia adentro, penetrando en la humedad del coño de la mujer.

Su compañera gimió, retorciéndose en la alfombra, mientras Valeria enganchaba una pierna en la de ella.

Por fin, Onna pareció darse cuenta de lo que su amante necesitaba, tocando con cautela entre las piernas de la elfa y pasando un dedo entre los muslos.

¡Cuánto le costó ese toque, esa acción provocadora!

Valeria movió sus propios dedos hacia adentro y hacia afuera, deslizándose en la humedad del coño de Onna, mostrando a la mujer lo que ella misma quería.

La humana hurgó, su pulgar deslizándose por el coño de la mujer elfa, en la dulzura de su sexo.

La elfa gimió suavemente, animándola, moviendo sus propios dedos más rápido.

Esto fue demasiado para Onna.

Ella rodó sobre su propia espalda, moviendo las piernas, sacudiéndose, desenredándose.

Valeria se apoyó en un codo, sus dedos aún bombeaban hacia adentro y hacia afuera, cuando Onna alcanzó uno de sus pechos.

La mujer la estaba implorando ahora, jadeando y gritando de placer.

Valeria se retorció, poniendo su rostro en el coño de Onna una vez más.

Lo lamió con entusiasmo, su dedo índice aún se deslizaba dentro y fuera de la humedad de la mujer, encontrando su clítoris con su lengua.

Onna gritó, olvidando sus propias caricias, con una mano agarrando la nalga de Valeria, presionando su nariz contra el vientre de su amiga.

La elfa se sentó a horcajadas sobre ella, con un muslo a cada lado de su cara, todavía lamiendo y chupando mientras su dedo continuaba sondeando.

Con un grito final sin palabras, Onna llegó por segunda vez, su cuerpo convulsionando, agarrando la espalda de Valeria, su cara ahora presionada contra uno de los muslos internos de la elfa.

Sus piernas se sacudieron, y gimió, mientras el largo cabello de la aventurera se deslizaba sobre su costado.

"Diosa, lo siento", dijo la humana. "Eres tan buena". Ella tragó saliva antes de continuar, "Pero lo quiero todo. Ahora sé lo que se siente. Y quiero hacer que otra mujer se corra como yo. Solo necesito ... solo necesito saber cómo hacerlo bien".

"Creo que sabes qué tienes que hacer", dijo Valeria, "como si te lo hicieras a ti misma".

Estaba impaciente ahora, pero tratando de no mostrarlo.

"Te necesito, realmente te necesito ahora. No puedo esperar más".

Onna se estiró, girando su cara hacia el propio coño de la elfa.

Valeria sintió que su dedo se deslizaba en su coño, jadeó de nuevo cuando el placer comenzó a crecer.

Ella necesitaba la liberación, la necesitaba mucho ahora.

Ella movió sus caderas hacia atrás y hacia adelante, frotando el dedo contra el interior de su coño.

La vendedora de mapas respiraba pesadamente, todavía insegura de sí misma.

"Sí, así está bien", gimió la elfa, "no te detengas".

Onna estaba moviendo su dedo con impaciencia ahora, y Valeria se estremeció de anticipación.

La mano de la mujer humana ahora estaba resbaladiza con su sexo, mientras la elfa besaba el interior de su muslo, pasaba la punta de su lengua por un labio de su vagina.

Al toque de su lengua, la vendedora de mapas soltó un grito estrangulado, sacó su dedo y agarró las nalgas de Valeria con ambas manos, obligándola a bajar la vagina a su boca.

Su lengua se deslizó en el coño de la elfa, deslizándose inexperta, hasta que encontró el clítoris.

"Sí, ¡ahí mismo!" Valeria gritó, aplastando sus caderas contra el rostro de la mujer.

Onna se envalentonó, su habilidad y confianza obviamente crecieron.

Eso fue todo lo que necesitaba, valor.

La elfa ya no podía hablar.

Ella se quedó sin aliento, gritó el nombre de su amante, mientras el placer delicioso aumentaba.

Ella se vino de repente, sus muslos casi agarraron la cabeza de Onna.

Fue una explosión, su pasión reprimida se soltó en un momento repentino, sus gemidos hicieron eco a los de su compañera.

Olas de placer se estrellaron contra su cuerpo, dejándola cegadoramente en blanco.

Onna ahora ya sabía exactamente lo que se sentía al tener el orgasmo de una mujer en su cara ...

FIN

www.ingramcontent.com/pod-product-compliance
Lightning Source LLC
LaVergne TN
LVHW091235150826
845673LV00003B/1138

* 9 7 9 8 2 2 7 1 8 2 0 0 5 *